实践版

采蓝莓大赛

[瑞典]马丁·维德马克　著　[瑞典]海伦娜·威利斯　绘
张可　译

CTS 湖南文艺出版社 HUNAN LITERATURE AND ART PUBLISHING HOUSE　小博集

这本书属于：

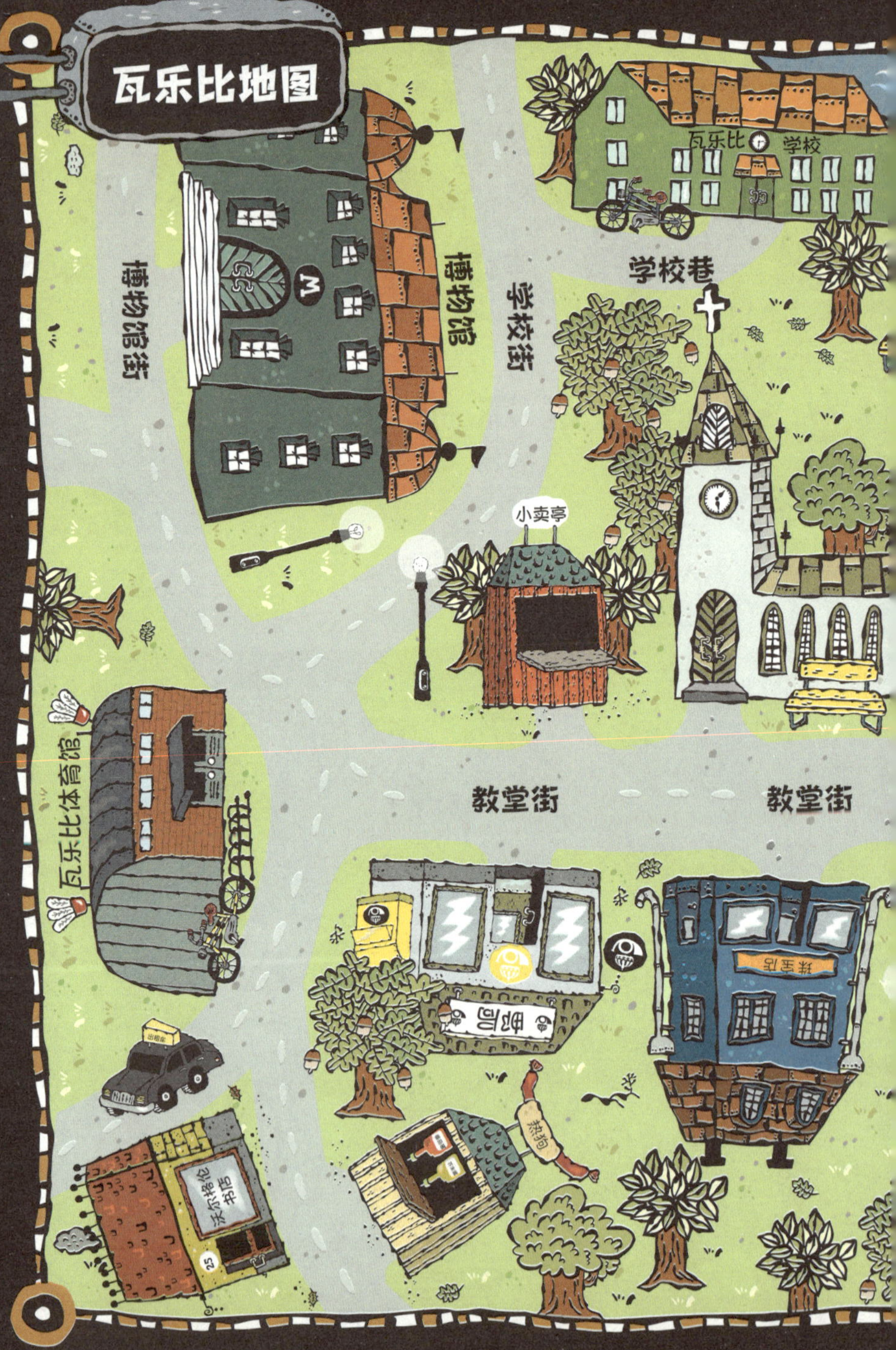

瓦乐比地图

瓦乐比学校
学校巷
博物馆街
博物馆
学校街
小卖亭
瓦乐比体育馆
教堂街
教堂街
珠宝店
热狗
沃尔格伦书店
25

码头
瓦乐比报
瓦乐比图书馆
码头街
《瓦乐比报》编辑部
宾馆
大广场
咖啡馆
里奥电影院

瓦乐比火车站
加油站
车站街
商人街
超市
银行
宠物店
商人街
医院街
游泳馆

瓦乐比建筑公司
P
瓦乐比
VF
监狱
铁窗巷
1915
大剧院
12
阿加顿
理发店
剧院街
30
15
剧院街
横街
消防站
眼镜店
20
警察局
24
商人街
商人街

目录

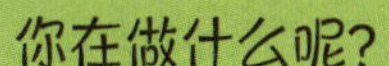

你在做什么呢？

当然是在收拾背包呀！嗯，我们需要的东西都带齐了吗？地图、防晒霜、食物、水瓶、指南针、雨靴……

你没忘记什么东西吗？

没有！终于盼到了今年的采蓝莓大赛！进入森林前的准备工作至关重要！我能忘记什么呢？

也许是……装蓝莓用的桶？

采蓝莓大赛

“各就各位，预备——不行，不行，不行，吕内，回来！”警察局长严厉地大声说道。

吕内·安德松恼火地哼了一声，却还是乖乖走回来，站在起跑线的后面。他的脖子上挂着一副望远镜。

原来，每当瓦乐比发生了有趣的事情，大家都希望参与其中。今天，瓦乐比的居民们骑着自行车来到古纳尔松的露营地，他们各自带着装蓝莓用的桶，站在森林边整装待发。

拉塞和玛娅向米兰达挥了挥手。跟米兰达站在一起的，是一个长着浅色头发的男孩，拉塞和玛娅以前没见过他。

“这是伊尔伯特，他住在索尔贝卡，是我的表弟。”米兰达说。

拉塞和玛娅向伊尔伯特打招呼，然后看见警察局长在挠自己的后脖颈。

“好吧，”警察局长说，“我再解释一遍规则：参赛者要尽量多采蓝莓，到佛朗哥吹响结束的号角为止。”

“吕内，你带望远镜做什么？”穆罕默德·卡洛特问。

“用它发现长在远处的蓝莓呀。”吕内不以为意地解释，就好像那根本不该是个问题。

瓦乐比的邮差佛朗哥·波罗把小号放到嘴边，吹响小号。警察局长敬礼，莎拉则用敬佩的目光看了看佛朗哥。

“别吹得那么大声！”艾薇·罗斯一边抱怨，一边用手

捂住了她那只小狗的耳朵，“卡尔－菲利普这只贵宾犬的小耳朵是非常敏感的。”

警察局长接着说：“参赛者可以单独采摘，也可以结伴采摘。”

“我要单独采摘！”吕内·安德松哼了一声说。

警察局长向这位没好气儿的宾馆前台接待员点了点头。在瓦乐比，无论是警察局长，还是其他人，都不会妄想吕内·安德松愿意跟别人合作。

“吕内完全像一匹独狼。”玛娅悄悄对拉塞说。

“我从来不是一个人，”牧师神采奕奕地说，“我有上帝和耶稣陪伴——”

“还有草地上的鸟儿和花儿，”芭布鲁叹着气说，“我真想知道你这句话我听了多少遍。”

牧师愉快地看着芭布鲁。

“是呀，的确是这样。我每次都会这样说。想想看，如果大家都能——”

这时，警察局长打断了这位瓦乐比牧师的话。

“传道的事情你可以留到周日，在教堂里做。”

他果断地说，“现在，我们要开始采蓝莓大赛了。”

拉塞和玛娅对视一下，露出了笑容。此时正值盛夏，阳光舒适宜人。树木、温暖的土地、松脂、松针和苔藓都散发着好闻的气味。

每年夏天，警察局长都会去森林里查看，一旦蓝莓成熟，他就会在大广场边的告示牌上贴出一张告示。

①瑞典克朗，瑞典的货币名称。1 瑞典克朗约合人民币 0.76 元。

现在，芭布鲁和穆罕默德单膝跪地，等在起跑线边，准备随时出发。站在他们身后的两个人是配钥匙技师塔列布·范丹戈和配镜师伊莲娜·科瓦连科。他们微笑着，向对方眨了眨眼睛。

莎拉吻了一下迪诺。艾薇·罗斯给卡尔－菲利普套上牵狗绳，把它放到长满苔藓的土地上。在超

市工作的杰克和维罗妮卡正捂着嘴，说着悄悄话。

“各就各位，预备，出发！”警察局长大喊一声，所有人都向森林出发了。

吕内把望远镜举在眼前，径直撞到一棵树上。牧师迈着小碎步，蹦蹦跳跳地消失在两棵树之间。

“去找蓝莓，卡尔－菲利普，”艾薇喊道，“去

找蓝莓！”

拉塞和玛娅迅速往森林深处走去。他们想先找到一片不错的蓝莓地，然后再开始采摘。

“今年的蓝莓不多。”拉塞说。

“去年好一些。”玛娅说。

“不过，这边有一点。”拉塞说着，在一块大石头边停下，然后跪在柔软的苔藓地上开始采蓝莓。

拉塞和玛娅一边跪着采蓝莓，一边把采到的蓝莓放进桶里，忙了好一会儿。高高的树冠上，风声沙沙作响。

“我想知道今年的获胜者会得到什么奖品。”玛娅微笑着说。

“嘘，”拉塞说，“每年都一样呀。”

玛娅笑出声来。

“鲁尼·哈瑟伍德的诗集。”她说。

拉塞挺直腰杆，展开双臂说：

“这里、那里，一两颗莓子——”他开始吟诗。

“又干、又小，但都是蓝的。”玛娅接着说。

拉塞和玛娅哈哈地笑着，又采了一会儿蓝莓。忽然，他们听见有人在争吵！玛娅举起食指挡在嘴巴前。

他们手脚并用，朝声音传来的方向爬过去。

在一片灌木丛后，他们看见了正在争吵的人。原来是芭布鲁和穆罕默德。

“芭布鲁，你得过来帮忙才行！你连一颗蓝莓都没采！”

博物馆的馆长躺在柔软的地上，闭着眼睛说了一句“Carpe diem.[①]”。接着，她优雅地叹了一口气。

“什么？”

① “Carpe diem.”意为抓住今天（享受当下）。

芭布鲁重复了一遍，仍然没睁眼睛。

“什么意思？”穆罕默德生气地问，“过来帮忙吧，别说些没用的话。”

“这是拉丁语，”芭布鲁平静地给丈夫解释，“是一种古老的语言，那些杰出的古罗马人用的就是这种语言。”

“好，好，可这句话是什么意思呢？”

“哎呀，我忘了，”芭布鲁说，“不过，当一个人这样惬意地躺在森林里时，就会说这句话。”

拉塞对玛娅做了一个手势，他们开始往回退。

这时，他们看见塔列布·范丹戈和伊莲娜·科瓦连科就在不远处。伊莲娜手里拿着一把小铲子。

“难道他们要从地里挖蓝莓吗？”玛娅小声对拉塞说。

“走，”拉塞低声回答，“这其中有疑点。是时候侦查一下了！”

拉塞和玛娅猫着腰一路小跑，在树干后面躲躲藏藏。最后，他们终于来到离塔

列布和伊莲娜比较近的地方，正好听见他们的谈话：

“啊，伊莲娜，”塔列布·范丹戈说，“你真是个天才！我们会获胜的！”

伊莲娜·科瓦连科挠了挠塔列布的络腮胡子，然后把铲子插进泥沙里。

拉塞和玛娅惊讶地看见，伊莲娜和塔列布竟然往桶里装了半桶泥沙。

“这可是作弊呀！”拉塞和玛娅偷偷溜走后，拉塞小声对玛娅说。

“评比的时候，我们得特别留意他们才行。”玛娅回答说。

这时，米兰达和伊尔伯特正急匆匆穿过森林。

“你们进展得怎么样？”玛娅问。

“一般，”米兰达说，“今年的蓝莓不太多。”

“蓝莓不多，垃圾却不少。”伊尔伯特说，“我们索尔贝卡那边就好多了。”

“垃圾？”拉塞问。

“你们自己去那边的杉树下面看看吧。”伊尔伯特指着一棵杉树说。

米兰达和伊尔伯特一起拎着一只桶，继续向森林深处走去。拉塞和玛娅来到伊尔伯特指的那棵树下。

玛娅拨开那棵杉树的树枝，他们向下面瞄去。

“怎么会?！”拉塞惊讶地说。

“这是谁干的？”

玛娅爬到树枝下面，从里面揪出一堆黏糊糊的纸质空包装盒。

拉塞拿起一个包装盒，上面写着：冰冻蓝莓，品质上等。

“可疑。”玛娅指出。

“也许，这次有不少人在比赛中作弊呢。”拉塞无奈地叹了一口气，把那些包装盒折叠好，塞进裤子后面的口袋里。

“不是所有人都会作弊的。”玛娅用手捂着嘴悄悄地说完，又指向不远处。

原来是吕内·安德松走过来了。他满脸通红，头发乱蓬蓬的，正举着那副望远镜四处观察。他一边发出哼哧哼哧的声音，一边揪地上的蓝莓枝。

“你需要帮助吗？”玛娅大声问。

“绝不！好男人会自己解决问题！”

拉塞和玛娅冲吕内竖起了大拇指。然后，拉塞低头看了看他和玛娅的桶，里面只有为数不多的几颗蓝莓在桶底滚来滚去。

“玛娅。”拉塞说。

“嗯。”

“我们可能也得继续采蓝莓了。”拉塞建议。

玛娅笑了起来：“我差点忘了，我们也在参加比赛呢。现在就行动！”

可就在这时，森林里传来一阵小号声。采摘结束了！

警察局长在古纳尔松的露营地里支起了一张桌子。桌子上摆着一台秤。

“来吧，都过来吧。”警察局长大声喊道。

瓦乐比的居民们慢悠悠地走出森林。首先来到警察局长面前的是艾薇 · 罗斯和卡尔 - 菲利普。艾薇把自己的空桶放在了桌子上。

“卡尔 - 菲利普把妈妈采的蓝莓都吃光了，”她解释说，“真是个淘气的小家伙，是不是？”

艾薇 · 罗斯的小狗舔了舔自己的嘴巴，开心地叫了两声。艾薇在狗鼻子上亲了一下。

香肠接待处商店
稍后回来
信息
邮箱
0 1 2 3 4 5 6 7 8 9 10

接着，米兰达和伊尔伯特走上前来。

他们把桶放到秤上，警察局长记下重量。

“1.8 千克。”他报出重量，“下一个！”

吕内把自己的桶放在秤上。警察局长仔细看了看秤上的表盘。

“2 千克。”他说。

吕内把双手举过头顶，跳了起来。这时，警察局长又低头往吕内的桶里看了一眼。

“这桶里有很多蓝莓枝叶呀。”他说着，清理出桶里的细枝和叶子。

吕内失望地看着秤，上面的数字不一会儿就回落到 1.5 千克。

“下一位！”

警察局长喊了一声。

穆罕默德把他和芭布鲁的桶放在秤上。芭布鲁开始大声抱怨：“哎呀，采蓝莓真是太费力气了。”她说着，把身体靠向桌子。

拉塞和玛娅还记得，刚才在森林里，穆罕默德站着采蓝莓的时候，芭布鲁一直懒洋洋地躺在地上。她是不可能感到疲惫的。

“2.6 千克，”警察局长报出重量，“目前你们领先。”

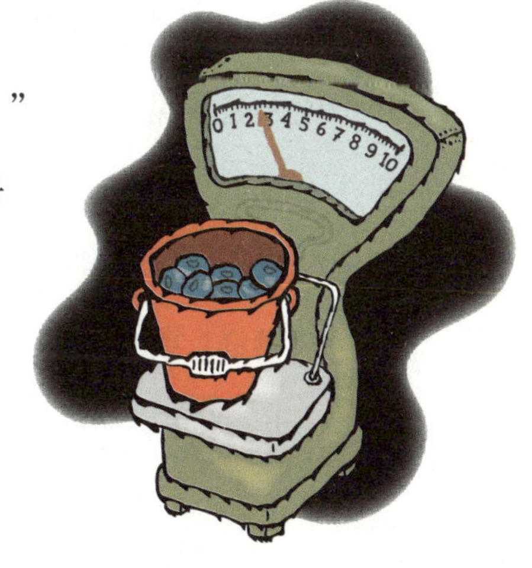

“等一下，警察局长。”玛娅说。玛娅看见，芭布鲁的一根手指压在了秤上。

玛娅向警察局长耳语了几句，警察局长立刻

命令芭布鲁向后退一步。

“1.3千克，你们目前是比赛的最后一名。下一位！”

芭布鲁和穆罕默德失望地让开，塔列布和伊莲娜走上前。他们一起把桶抬到秤上。这时，全场一片哗然。

“8.4千克，”警察局长佩服地说，“真不赖。塔列布和伊莲娜目前排在——”

拉塞打断了他的话：“把最上面一层蓝莓拿掉，让我们看看下面是什么。”

警察局长疑惑地看着拉塞。这时，玛娅走上前，把最上面那薄薄的一层蓝莓拨开，让大家看见了被盖在蓝莓下面的泥土和沙子。

“哎呀！”伊莲娜·科瓦连科说。

“糟糕！真糟糕！”警察局长叹息一声，“下一位！”

这时，杰克和维罗妮卡拎着满满一桶蓝莓走上前。警察局长佩服地点点头。

“6.8千克。”他说完，把重量记在自己的本子上。

“尝一口桶里的蓝莓吧。”拉塞说。

警察局长把一小捧蓝莓塞进嘴里，又立刻吐了出来。

“是冰冻的！”他吼了一声。

“上等的蓝莓，”玛娅说，“从超市的冰柜直达这里！”

拉塞把装在他裤子口袋里的那一沓折叠好的包

装盒拿了出来。

“这是证据。”他说完又指着盒子上的文字念道，“冰冻蓝莓，品质上等。”

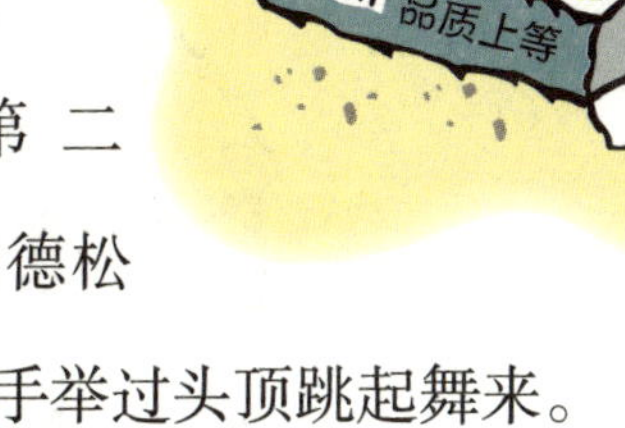

“米兰达和伊尔伯特是比赛的优胜者！”警察局长宣布，“1.8千克。”

“我是第二名！”吕内·安德松欢呼着，又把双手举过头顶跳起舞来。

“可是——”玛娅突然说。

围在警察局长桌边的这群人一下子又安静了下来。

“牧师去哪儿了？”她说完，不安地向四周看了看。

所有采蓝莓的人都看了看其他人。

“谁是最后一个看见牧师的人？”警察局长问。

瓦乐比的居民们再次看了看其他人，都摇摇头表示不知道。大家的心思都在比赛上，没人注意牧师去了什么地方。

“他进了那片灌木丛里。”玛娅说着，用手指了指杉树丛。

“快去找找看，卡尔－菲

利普！”艾薇对自己的狗大喊一声，可是卡尔－菲利普吃得饱饱的，一副满足的样子，正躺在草地上伸懒腰呢。

“走，”拉塞说，“牧师可能迷路了。”

“哎呀，谁在乎他呀。”吕内·安德松咕哝了一句，“我们现在正好不用再听他唠叨。”

这下子，警察局长瞪圆了眼睛看着这位宾馆前台接待员，说："在瓦乐比，我们不会让任何人在森林里迷路。牧师也不行！"

拉塞和玛娅迅速冲进了牧师离开时经过的那片灌木丛。

"拉塞，你看！"玛娅说着，指了指留在潮湿的苔藓地上的一串脚印。

"是牧师那双小小的红色雨靴留下的？"拉塞

猜测说。

玛娅点点头，又用手指向森林深处。拉塞和玛娅走在最前面，所有参加采蓝莓大赛的人都跟在他们后面。

艾薇把卡尔－菲利普夹在她的胳膊下面。佛朗哥·波罗拿着小号走在最后面。

在一棵杉树的旁边，他们看见一个用很多颗松塔摆成的十字架。

“这东西是我们这里的某个人摆的吗？”

瓦乐比的居民们都摇摇头。

“那就说明我们寻找的方向是对的，”玛娅指出，“牧师肯定坐在这里休息了一会儿。”

“牧师，你在吗？”警察局长突然把双手拢在嘴边，大声喊起来。

所有人安静地站着听了一会儿。但是，他们听见的只有森林里风吹树叶的沙沙声。这时，佛朗哥·波罗举起小号吹了一段，小号声回荡在森林中，却没有人听见牧师的回应。

“他也许从一座悬崖上摔下去了，摔断了胳膊和腿？”芭布鲁说出一种可能性。

“还有手和脚。”吕内·安德松赶紧补充。

“都安静！”警察局长命令道，“我们现在需要听他的呼叫声。”

于是，所有人继续向森林更深处走去。

“等一下，”玛娅突然说，“看那边那片灌木丛！”

“有人从那片灌木丛中间挤过去了，”拉塞说，“有好几条树枝都断了。”

“看这儿！”玛娅说着，又指向一根细得几乎看不见的蓝色的线。

“是牧师身上那件蓝色衬衫留下的！玛娅，你真棒！

“他大概是上了那座小山丘。”警察局长说着，指向一片陡峭的山坡。

“为了接近上帝。”吕内叹着气说完，又翻了个白眼。

“如果他从那座小山丘上摔下来，确实有可能摔断胳膊和腿。”芭布鲁坚持说。

“还有手和脚。”吕内补充。

最后，他们终于到了那座山丘的山顶。伊莲娜·科瓦连科擦了擦额头上的汗，欣赏着这里的景色。

“哇，太漂亮了！”她说，“从这里可以一直看到——”

“索尔贝卡，”伊尔伯特自豪地说，“我就住在那儿！”

拉塞和玛娅遗憾地叹了一口气："就算牧师来过这里，他现在也离开了。"

"我说了，"芭布鲁说，"他也许摔下去了，而且——"

"谢谢，芭布鲁。现在够了！"警察局长打断了她的话。

吕内·安德松也闭上了嘴巴，没把他心里那些关于手和脚的话说出来。

拉塞皱起眉头。他似乎看见了什么，抬起手遮挡眼前的阳光。

"是什么，拉塞？"玛娅问。

"那下面好像有什么东西，"拉塞小声说，"有一片蓝色。你看见没？"

玛娅顺着拉塞手指的方向看过去，却没看见什么蓝色的东西。

"吕内，能把望远镜借我们用一下吗？"玛娅

请求说。

“不行！”吕内简短地回答，“万一弄坏了怎么办？”

警察局长知道拉塞和玛娅发现了新情况。

“吕内！望远镜！”他一边命令道，一边把手伸了过去。

吕内不耐烦地嘟囔了几句后，把望远镜放在警察局长的手上。警察局长朗道夫·拉尔松把望远镜举在眼前，大喊出来：“哎呀！他就在那儿！”

佛朗哥·波罗吹响小号，瓦乐比的居民们立刻冲下那座小山丘！

牧师躺在山丘下睡着了。他的嘴唇被刚吃过的蓝莓染成了蓝色。

他的身边，还放着满满一桶蓝莓。

“哎呀，你们看，这里的蓝莓可真多！”塔列布·范丹戈指着地面说。

“这片蓝莓地真棒！”伊莲娜·科瓦连科呻吟一声，“这里的蓝莓多极了！”

警察局长上前摇了摇牧师的肩膀。

“牧师，醒醒！”他喊道。

牧师做梦似的咕哝了几句，又把身子翻到另一侧。

“再睡一小会儿，亲爱的，小耶稣。”他央求说。

“亲爱的，小耶稣？”警察局长说。

“他在做梦呢。”玛娅解释说。

“哦。”警察局长说完，又摇了摇牧师。

“看来他真的累了。”佛朗哥·波罗说着，拿

出小号。

他冲着牧师的耳朵吹响小号。牧师一下子就跳了起来，并开心地大声喊道：“天使的号角！我

是在天堂里吗？”

“不是，你在森林里。”吕内没好气儿地说。

牧师睡眼惺忪地看看四周。

“看来你的胳膊和腿并没有被摔断。”芭布鲁指出。

“手和脚也没事。”吕内咕哝了一声。

牧师摸摸自己的胳膊和腿，确认自己没有受伤。

“我走进森林，又穿过灌木丛，根本没想过要去找蓝莓的事。”他对大家说，“我看见一座小山丘就想上去，为了能接近天堂。可你们猜，我发现了什么？”

“也许是上帝？”艾薇·罗斯猜。

牧师冲艾薇笑了笑，然后小声说：“甚至是更棒的。”

“耶稣？”艾薇又说。

“不对，”牧师欢呼起来，“是一大片蓝莓地！

就在下边！”

“太棒了！” 艾薇说。

“我赶紧跑下来，吃蓝莓吃到饱后，又采了满满一桶蓝莓，然后……我就在这片草地上睡着了，就像鸟儿和花儿一样。”

“花儿也睡觉？”芭布鲁用怀疑的口吻问。

“有时候你还能听见它们打呼噜呢，是非常安静的呼噜声。”他说。

“Carpe diem!”。穆罕默德·卡洛特说。

参加采蓝莓大赛的人们都好奇地看着穆罕默德，他解释说：“这是拉丁语。”

“哦，”在超市工作的杰克说，“看来，我不知道的东西可真多。”

警察局长拎起牧师的桶。桶很重，里面的蓝莓满满当当。

“有一件事我们可以肯定。”他说。

“什么事？”吕内·安德松问。

“今天赢得比赛的人是牧师。”警察局长回答。

警察局长取出一本书递给牧师。

“这是鲁尼·哈瑟伍德的诗集。”他郑重地解释说。

“啊。”牧师说着，在书上亲吻了一下。

“佛朗哥！”警察局长接着说，“现在是时候了！”

瓦乐比的邮差佛朗哥·波罗上前一步，再次把小号放到嘴边，吹了一段美妙的音乐。

牧师愉快地看看周围，给站得离他最近的吕内送上了一个大大的拥抱。现场所有的瓦乐比居民都向牧师表示祝贺。啊，几乎是所有人。

警察局长瞪圆了眼睛看着吕内·安德松。

最后，这位宾馆前台接待员终于咕哝了一句：“那就祝贺你吧！”

瓦乐比侦探赛

参与问答竞赛，来测试一下你的瓦乐比侦探值有多少！

1 在瓦乐比居民参加采蓝莓大赛的时候，一部分人没有遵守规则。伊莲娜·科瓦连科和塔列布·范丹戈只在桶里放了一层蓝莓，蓝莓下面有什么？

1. 蓝莓枝叶
2. 泥土和沙子
3. 树莓和云莓

2 拉丁语“Carpe diem.”是什么意思？

1. 别忘记戴帽子
2. 笑到最后的才是笑得最好的人
3. 享受当下

3 通常情况下，伊莲娜·科瓦连科是不会作弊的。她平时主要做什么——她的职业是什么？

1. 眼镜店的配镜师
2. 急诊科护士
3. 宠物美容院的美容师

4 有一次，瓦乐比居民举办了一场自行车比赛。当时也有好几个人作弊了，其中一名参赛者抄了一条近路。那是在哪里？

1. 在一条地下通道里
2. 路过了马厩（这名参赛者骑快马跑了一阵子）
3. 路过了古纳尔松的露营地

5 在自行车比赛中，拉塞的自行车上挂一个吉祥物，那是什么？

1. 一只玩具熊
2. 猴子西尔弗斯特
3. 培根兄弟

6 一位凶巴巴的电影导演不久前来到瓦乐比要拍电影。那位导演的名字是什么？

1. 奥马尔·劳克
2. 英格玛·斯滕曼
3. 拉尔斯·冯·特拉普

7 令人意外的是，警察局长竟然在那部计划拍摄的电影里得到了一个角色。为了“进入表演需要的情绪”，他需要做什么？

1. 跟导演谈论自己的童年
2. 在一个笼子里睡一个晚上
3. 学习跳探戈

8 米兰达参加采蓝莓大赛的时候带来了表弟伊尔伯特。米兰达是怎么来到瓦乐比的？

1. 她是跟着一个巡演马戏团来的

2. 她是乘坐一艘游轮来的

3. 她是在去北极的路上暂时留在这里的

9 曾经有两位考古学家来瓦乐比进行了一次考古挖掘，他们在教堂街下面挖出了很多东西。以下哪样东西不是他们挖出来的？

1. 维京时代的银币

2. 从超市买来的一只茶壶

3. 国王古斯塔夫·瓦萨的裤子

10 那次考古挖掘不仅找到了文物，还找到了一些丢失的物品。是什么呢？

1. 佛朗哥·波罗的红色自行车

2. 穆罕默德的红色帽子

3. 牧师的红色雨靴

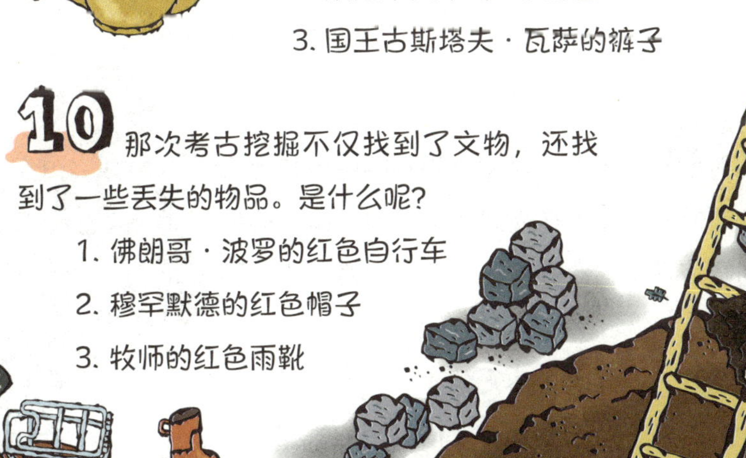

11 芭布鲁培养了一项新的休闲爱好。是哪一项？

1. 练空手道

2. 打马球

3. 钓鱼

12 穆罕默德过 50 岁生日的时候，芭布鲁组织了一次蛋糕烘焙比赛，漂亮的阿妮塔·法提玛参加了那次比赛。她还因为另一件事出名，是什么事？

1. 她曾经当过首相

2. 她曾经抢劫过五家银行

3. 她曾经在全国范围内被评选为“露西亚”

13 芭布鲁·帕尔姆刚开始在博物馆工作的时候，有人在夜间盗走了博物馆收藏的画。一开始，他们有一个奇怪的嫌疑人。那是谁？

1. 一具千年的木乃伊

2. 一只在夜里爬进了博物馆的大猩猩

3. 博物馆馆长芭布鲁·帕尔姆本人就是嫌疑人

14 来自瓦乐比咖啡馆的莎拉和迪诺在烘焙方面也很在行。有一次，莎拉的腿断了。当时发生了什么事？

1. 她参加赛马比赛的时候摔了下来，当时她的马用后腿直立了起来

2. 抢劫犯从咖啡馆偷钱的时候，她因为与窃贼打斗受伤

3. 她溜冰的时候滑倒了

15 瓦乐比咖啡馆的老板现在是莎拉和迪诺，但一开始是另一个人。是谁呢？

1. 米兰达的爸爸里斯多

2. 史蒂夫·马尚

3. 穆罕默德·卡洛特的弟弟哈米德

16 曾经有一段时间，一名抢劫犯给这家咖啡馆带来了麻烦。那名抢劫犯有一个特殊的作案动机，是什么？

1. 抢劫犯被开除了，所以想报复

2. 抢劫犯想逃税

3. 抢劫犯对谷蛋白过敏，他嫉妒别人能吃咖啡馆的甜面包卷

17 咖啡馆的迪诺是咖啡专家。这也许是因为他来自一个很多人都喜欢喝咖啡的国家。是哪个国家呢？

1. 埃塞俄比亚

2. 哥伦比亚

3. 意大利

正确答案在第90页。

18 瓦乐比郊外有一座古老的城堡。有一次，瓦乐比的居民们被邀请去品尝什么呢？

1. 香槟
2. 巧克力
3. 蘑菇

19 住在城堡里的伯爵名叫埃里克·冯·伐尔森，他有一个秘密。当拉塞和玛娅偷偷在城堡里转了一圈后，他们发现了这个秘密。秘密是什么？

1. 他是穿着人类衣服的机器人
2. 他养了八条大型贵宾犬
3. 他很穷

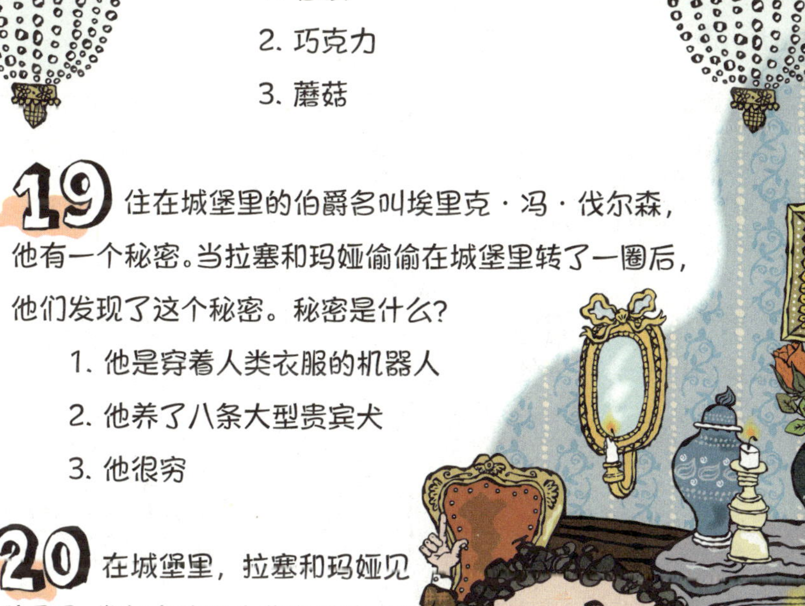

20 在城堡里，拉塞和玛娅见到了冯·伐尔森的男仆弗洛伊德·尼尔松。他的特殊能力是什么？

1. 他可以读唇语
2. 他力气很大
3. 他会跟动物对话

蓝莓推算

现在问题有点棘手！

请写出每位瓦乐比居民的桶里有几颗蓝莓。

伊莲娜有……颗蓝莓。

牧师有……颗蓝莓。

穆勒有……颗蓝莓。

谁桶里的蓝莓最多？

答案：..

我的蓝莓颗数和卡尔－菲利普的年龄一样。
我的蓝莓颗数是牧师和杰克的蓝莓颗数的总和。
我的蓝莓颗数是穆勒的两倍。
我今年10岁了。
杰克有..........颗蓝莓。
芭布鲁有..........颗蓝莓。
卡尔－菲利普
艾薇有..........颗蓝莓。

填字游戏

古恩校长带来的挑战是棘手的填字游戏，正合适躺在吊床上完成。

黄色格子里的字可以组成什么词？调换顺序再读读看！

蓝色格子里的字再加上哪个字可以得到一个成语？是什么？

清
辨
比
飞
扑
树
风
银
心
放
归
箭

蓝莓游戏

和一位朋友一起玩，比一比谁在森林里找到的蓝莓多！

你们需要：

两个骰子和很多小的棋子。必须能看出这些棋子分别属于谁。试试用小纸团、玉米片或蓝丁胶。

这样玩：

同时掷两个骰子。数出你在每个骰子上得到的点数。将两个骰子上的点数相加或相减。根据你计算出的这个数字，将你的棋子摆在游戏盘里相应的数字上。当一个带蓝莓图案的格子被棋子围住的时候，在这一圈里摆入最后一枚棋子的人获胜。

秘密信件

拉塞和玛娅发出了一些侦探信件。为了给这些信件的内容保密，他们使用了暗码。信件的内容是什么？

1 号信件：

你好！

你想买到物美价廉的好物吗？或许你可以来“跳蚤市场”**看**一看。芭布鲁的口**红**、古恩校长的蓝**色**马甲以**及**咖啡馆的可可**粉**和**色**拉油……你需要**的**东西可能就在这里，快写下你的名**字**，报名参加吧！

这封信里写了什么？

……………………………………………

……………………………………………

嘘！

试着只念那些加粗的字。

2 号信件：

玛娅发现有人破坏环境，非常生气，但聪明的她没能抓到那个坏蛋。于是她决定向警察局长求助。警察局里，穿着制服的警察局长正端着带圆点的马克杯坐在那儿，上衣还皱巴巴的。他说自己一直沉浸在书中，什么都不知道，包括那个坏蛋的位置。

嘘！

你得先读 1 号信件，才能读懂 2 号信件。

这封信里写了什么？

答案：

字母迷宫

找出去露营地的正确路径。

使用迷宫里的字母，你可以拼出在采蓝莓大赛中作弊的两名参赛者的名字。是哪两位？

正确路径上的字母是：

用这几个字母进行排列组合，你就会得到作弊者的名字。他们是哪两位？

…………………… & ……………………

杰克和维罗妮卡的蓝莓松饼

杰克和维罗妮卡知道应该用参加采蓝莓大赛时采到的蓝莓做什么——烤点心，那还用说！

你需要：

8 个大号松饼模具
210 克面粉
180 克糖
少许盐
少许发酵粉
50 毫升菜籽油
1 只鸡蛋
50 毫升牛奶
适量新鲜或冰冻蓝莓

1. 将烤箱调至 200℃。

面粉

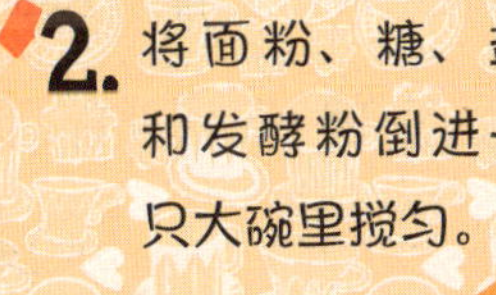

2. 将面粉、糖、盐和发酵粉倒进一只大碗里搅匀。

3. 将菜籽油、鸡蛋和牛奶放进另一只大碗里搅匀。

4. 将两碗混合物放进最大的那只碗里。

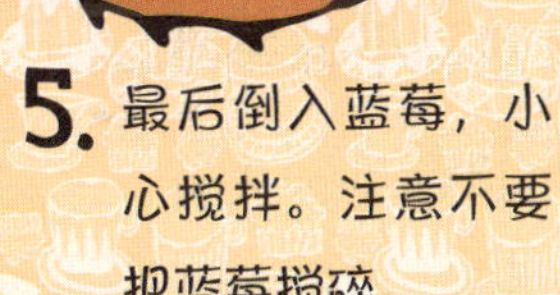

5. 最后倒入蓝莓，小心搅拌。注意不要把蓝莓搅碎。

6. 将搅拌好的面糊倒进松饼模具里。

7. 将装有松饼面糊的模具放进烤箱，烤制 20 分钟。如果你使用的是冰冻蓝莓，烤制时间也许要更长一点。

当松饼看起来烤好的时候，请一位成年人帮你把松饼从烤箱里取出来。

大自然连线游戏

将这个游戏带到大自然里，每当你看见格内的事物，就在相应的格子上画叉。积满 4 个叉且连成直线，你就顺利完成了游戏。成功！

苍蝇	蘑菇	桦树叶	一台割草机
粪便	某样红色的东西	一棵你环抱不住的粗树	某样拼音以 S 开头的东西 S
蓝莓	春白菊	垃圾	贝壳
蚊子	野草莓	蝴蝶	喜鹊

嘘！ 按照这张表格画一张自己的表格，用你选择的大自然里的事物制作属于你的连线游戏表格。

大自然数独游戏

用数独游戏锻炼大脑。

方格内的每样事物在每一行和每一列中各出现一次，在每种颜色的方格内也各出现一次。请在空着的方格内画出缺少的事物！

啊，不！

你抓住我了。但是你能找到我扔在这本书里的10袋垃圾吗？这是第1袋。

穆勒的探险必备清单

你想去探索大自然吗？整理出一个背包，去离你最近的森林或公园里进行为期一天的探险吧！穆勒·贝里是全瓦乐比最擅长在野外生活的人。这是由他为为期一天的探险提供的必备清单。

- 写生用的纸
- 笔
- 罐子
- 坐垫
- 手机
- 水瓶
- 放大镜
- 卫生纸
- 食物
- 防蚊虫叮咬的药

防蚊虫叮咬的药

一个罐子，用来存放你找到的东西。

一件用来坐下休息的东西：一块坐垫或一件防水夹克衫。

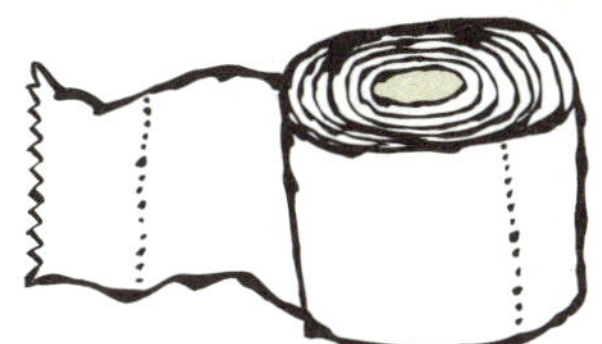

卫生纸和一只将用过的纸带回家的塑料袋

几个蓝莓松饼（制作方法和配料在 74—75 页）或其他好吃的食物

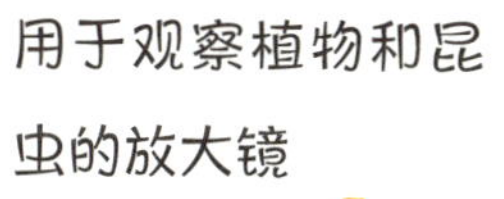

用于观察植物和昆虫的放大镜

水瓶

用于对树木和动物进行写生的纸和笔

你想去离家远一点的地方？带上一个成年人！

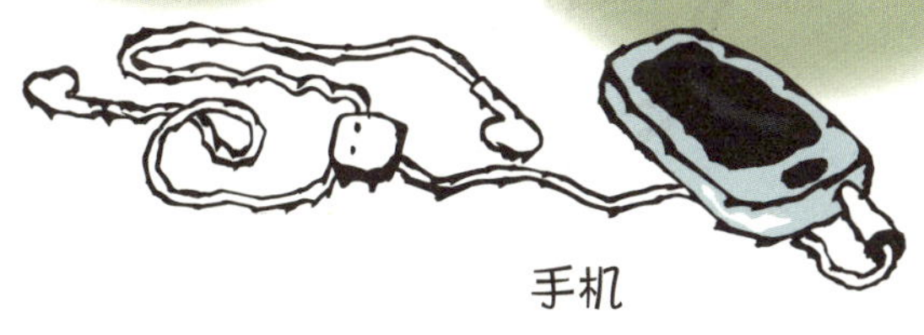

手机

穆勒的大自然探险建议

在大自然里探险可以做什么事呢？

穆勒有几项建议。别忘了带上本书第 76 页上的大自然连线游戏！

造一个捉昆虫的陷阱

挖一个坑，把一只带盖子的罐子放进去一个晚上。用两根小棍子将盖子架起来一点，使盖子不会紧紧扣住罐子口。第二天早晨，罐子里就会有各种意想不到的小昆虫。

放在小坑里的罐子

在你将这些昆虫放回大自然以前，先数数有几只昆虫并画下它们的样子。

昆虫赛跑

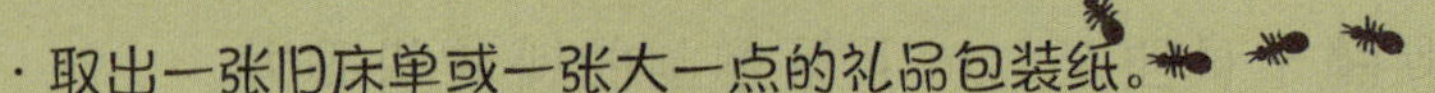

· 取出一张旧床单或一张大一点的礼品包装纸。

· 画几个大圆圈，并在圈内写出分数。每当一只昆虫进入一个圆圈就得到相应的分数。

· 用计时器计时，每次 3—5 分钟。

· 将昆虫放到床单或包装纸上。

在计时结束时，得到最高分的那只昆虫获胜。

如果你迷路了，做以下三件事：

1. 抱住一棵树

抱住一棵树可以使你待在原地，更容易被找到。

2. 被看见和被听见

为了被别人看见，你可以在一条小路上连续摆放三根棍子，或者将属于你的某件物品（不要用保暖的衣服！）挂在一棵树上。为了被别人听见，你可以用一根棍子敲树。

3. 保暖

用树枝和云杉枝围绕你抱住的那棵树搭一个小棚子。这样你就能为自己保暖，也能有一个暖和的地方等待。

捉对儿!

每一行的图片里都有两张一模一样的，找到它们！

请在其他几张图片上圈出与成对图片不一样的地方。

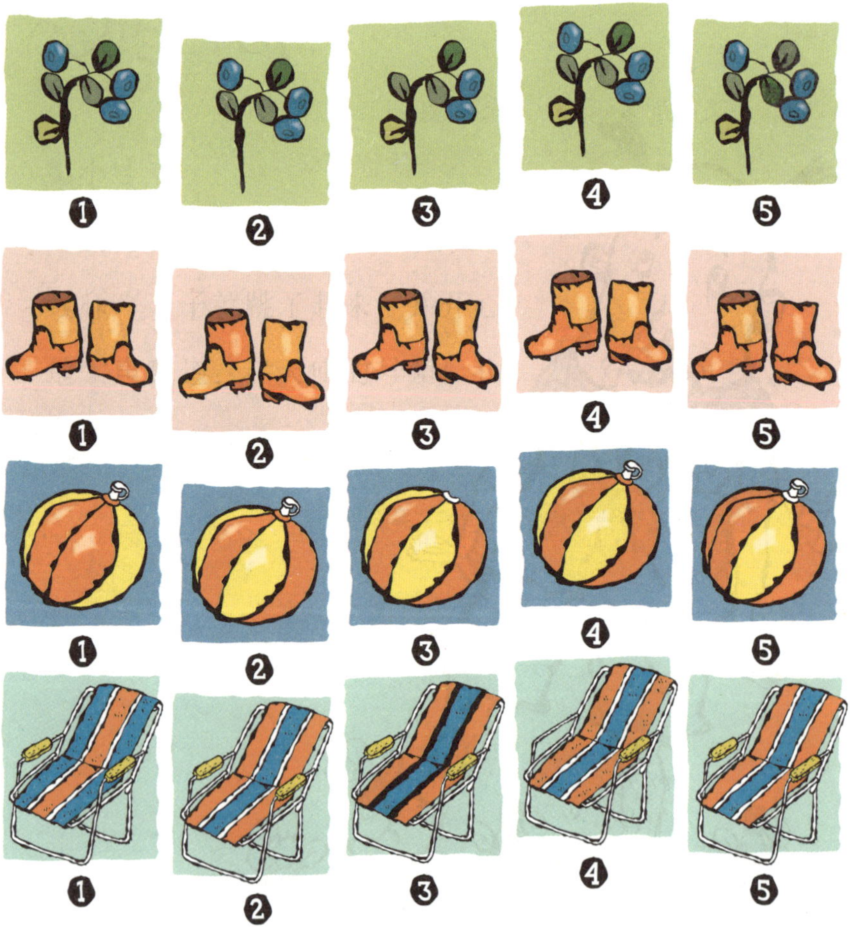

1 2 3 4 5

1 2 3 4 5

1 2 3 4 5

1 2 3 4 5

1
2
3
4
5
1
2
3
4
5
1
2
3
4
5
1
2
3
4
5
你瞧，五桶蓝莓一模一样！等等……似乎有哪里不对。

找出你自己的侦探名

根据你的生日、你名字的首字母以及上衣的花色，找出你的侦探名是什么！

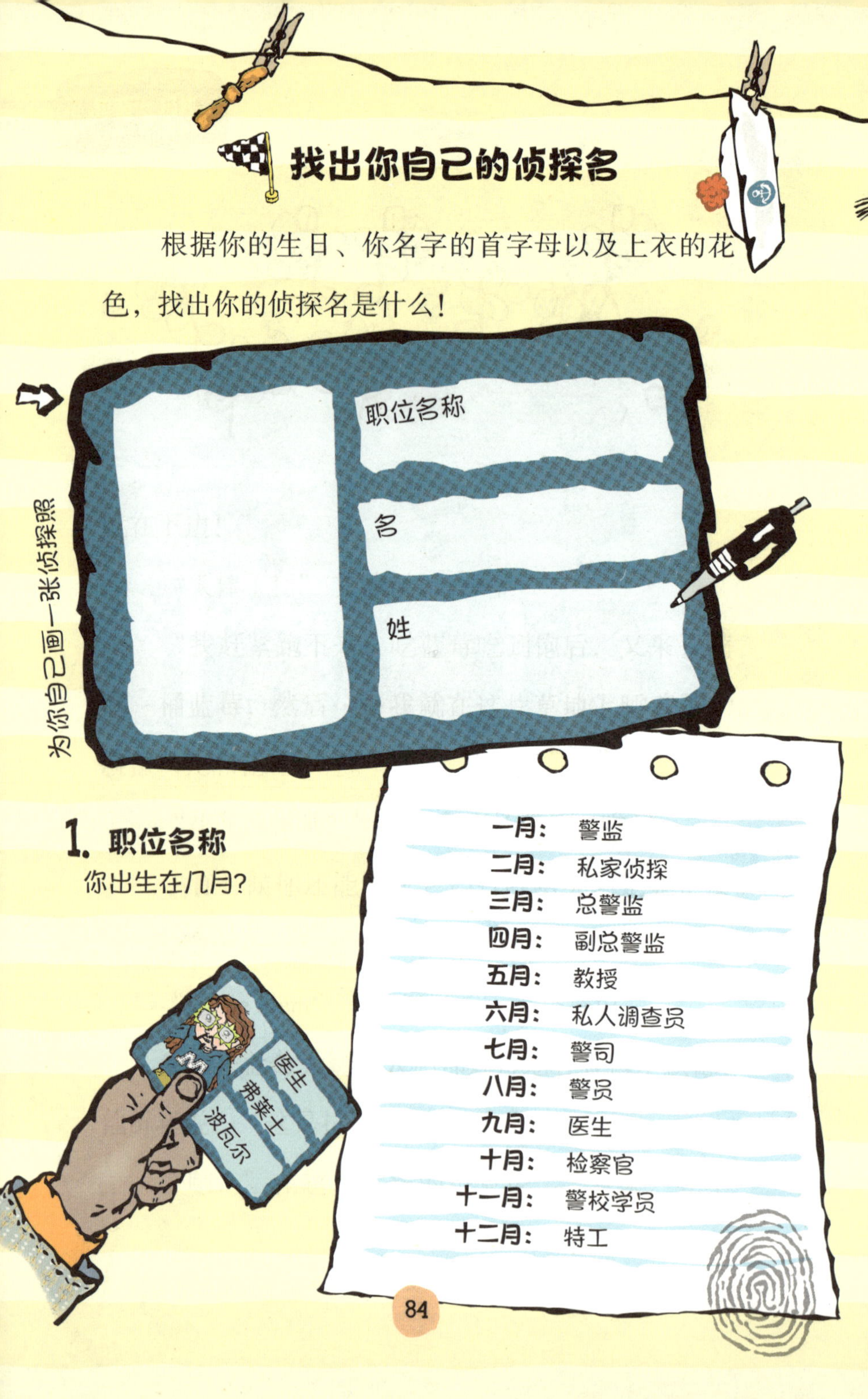

1. 职位名称

你出生在几月？

一月：警监
二月：私家侦探
三月：总警监
四月：副总警监
五月：教授
六月：私人调查员
七月：警司
八月：警员
九月：医生
十月：检察官
十一月：警校学员
十二月：特工

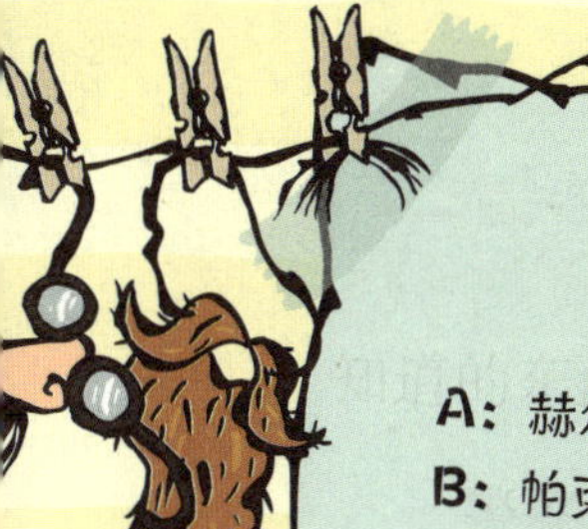

2. 名

你名字的首字母是什么？

A：赫尔克里
B：帕克
C：麦克斯
D：利斯贝特
E：夏洛克
F：丽萨
G：GW
H：玛娅
I：斯蒂格
J：华生
K：阿加莎
L：拉塞
M：弗莱士
N：图勒
O：丁丁
P：基蒂
Q：库尔特
R：斯奴肯
S：芭菲
T：戴科斯特
U：佩姬
V：莱克斯
W：尼欧
X：艾登
Y：泽尔达
Z：考斯莫

我不叫玛娅，我是弗莱士·波瓦尔医生！

3. 姓

你的上衣是什么花色的？

黑色：马尔博
白色：邦德
黄色：福尔摩斯
褐色：杜蓬
紫色：维穆西
绿色：贝克
蓝色：波瓦尔
蓝绿色：摩尔瑟
红色：莫尼班霓
橘色：斯温顿
米色：布隆奎斯特
粉色：莎兰德
灰色：斯提尔
小圆点：维恩
条纹：雷克贝里

在实践前填写

我的实践计划

我的名字：……………………………………，

现在是 20 ………年………月。

上个月，我做过的事情包括：

……………………………………………………。

我觉得上个月：

……………………………………………………。

我想，这个月会成为：

……………………………………………………。

因为：…………………………………………。

我想做的事包括： □打游戏 □洗澡

□画画 □踢足球 □堆海滩城堡

□野营 □骑自行车 □睡觉

□阅读 □烘焙 □旅游

□去大森林

□ ………………… □ …………………

□ ……………………………………

我想学：□游泳　□吹口哨

□跳水　□侧手翻　□……………………

我想见的三个人：……………………、

……………………和……………………。

我想去的地方：……………………

我不想做的事情：……………………

我梦想中的一天（自己画）：

在实践后填写

我的实践记录

我的名字：……………………………………，

20……年……月刚刚过去。

我原本以为这个月会是：

……………………………………………………。

我的预料是：☐ 对的 ☐ 错的

这个月最终成了：

…………………………………………

因为：…………………………………

我想做的事包括：☐ 打游戏 ☐ 洗澡

☐ 画画 ☐ 踢足球 ☐ 堆海滩城堡

☐ 野营 ☐ 骑自行车 ☐ 睡觉

☐ 阅读 ☐ 烘焙 ☐ 旅游

☐ 去大森林

☐ ……………………… ☐ ………………………

☐ ………………………………………

我想学：□游泳　□吹口哨

□跳水　□侧手翻　□……

我见到了……。

我去过的地方有：……。

下个月我想：……。

这个月的一天（自己画）：

答案

瓦乐比侦探赛

56—63 页

1-2	8-1	15-2
2-3	9-3	16-2
3-1	10-3	17-3
4-3	11-1	18-2
5-1	12-3	19-3
6-1	13-1	20-1
7-2	14-3	

蓝莓推算

64—65 页

伊莲娜有 23 颗蓝莓。

牧师有 3 颗蓝莓。

穆勒有 33 颗蓝莓。

杰克有 10 颗蓝莓。

芭布鲁有 13 颗蓝莓。

艾薇有 66 颗蓝莓。

艾薇的蓝莓最多。

（第 1—3 题见本书，第 4—5 题见《自行车谜案》，第 6—7 题见《剧组谜案》，第 8 题见《马戏团谜案》，第 9—11 题见《白银谜案》，第 12 题见《生日谜案》，第 13 题见《木乃伊谜案》，第 14 题见《医院谜案》，第 15—17 题见《咖啡馆谜案》，18—20 题见《城堡谜案》）

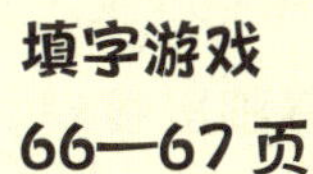

填字游戏
66—67 页

黄色格子里的字可以组成什么词？调换顺序再读读看！

山火 火山

蓝色格子里的字再加上哪个字可以得到一个成语？是什么？

雪　风花雪月

	清	风	明	月				
			辨					
比	比	皆	是					
翼			非					
双								
飞	蛾	扑	火					
			树	大	招	风		
			银					
		心	花	怒	放			
					虎			
					归	心	似	箭
					山			

秘密信件
70—71 页

第一封信里写着：

看红色及粉色的字

第二封信里写着：

破坏环境的坏蛋穿着带圆点的上衣

他在书中什么位置

答案：在第 77 页。

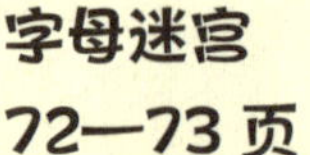

字母迷宫
72—73 页

正确路径上的字母是：

YILIANNA

TALIEBU

作弊者是：伊莲娜＆塔列布

大自然数独游戏
77 页

垃圾袋分布在以下页面：

8，31，59，65，66，

71，75，77，81，85。

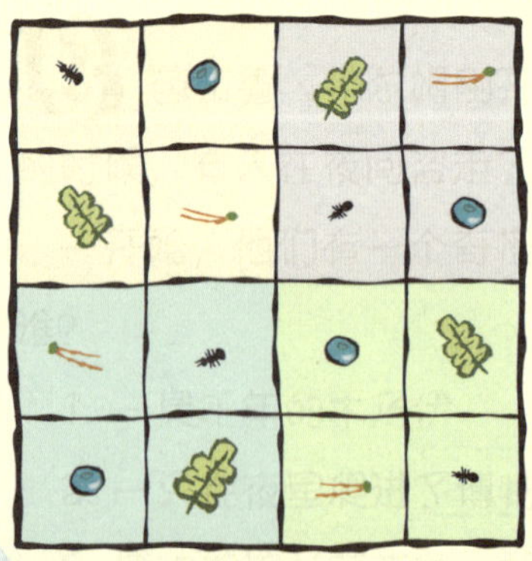

捉对儿！
82—83 页

蓝莓：1 和 4

雨靴：3 和 4

小皮球：2 和 4

太阳椅：2 和 5

衬衣：1 和 5

秤：3 和 5

包：1 和 2

桶：2 和 3

嗯……
好难啊！

著作权合同登记号：图字 18-2023-134

图书在版编目（CIP）数据

拉塞－玛娅侦探所：实践版．采蓝莓大赛 /（瑞典）马丁·维德马克著；（瑞典）海伦娜·威利斯绘；张可译．-- 长沙：湖南文艺出版社，2023.9（2024.7 重印）
ISBN 978-7-5726-1274-9

Ⅰ．①拉… Ⅱ．①马… ②海… ③张… Ⅲ．①儿童小说－侦探小说－瑞典－现代 Ⅳ．① I532.84

中国国家版本馆 CIP 数据核字（2023）第 121238 号

上架建议：儿童文学

LASAI–MAYA ZHENTAN SUO SHIJIAN BAN CAI LANMEI DASAI
拉塞－玛娅侦探所 实践版 采蓝莓大赛

著　　者：［瑞典］马丁·维德马克
绘　　者：［瑞典］海伦娜·威利斯
译　　者：张　可
出 版 人：陈新文
责任编辑：张子霏
监　　制：李　炜　张苗苗　文赛峰
策划编辑：文赛峰
特约编辑：丁　玥　焦玲玲
营销支持：付　佳　杨　朔　周　然
版权支持：王媛媛　刘子一
封面设计：梁秋晨
版式设计：李　洁
版式排版：李　洁
出　　版：湖南文艺出版社
（长沙市雨花区东二环一段 508 号 邮编：410014）
网　　址：www.hnwy.net
印　　刷：三河市中晟雅豪印务有限公司
经　　销：新华书店
开　　本：875 mm × 1230 mm 1/32
字　　数：39 千字
印　　张：3
版　　次：2023 年 9 月第 1 版
印　　次：2024 年 7 月第 2 次印刷
书　　号：ISBN 978-7-5726-1274-9
定　　价：128.00 元（全 6 册）

若有质量问题，请致电质量监督电话：010-59096394
团购电话：010-59320018